I0684065

Ye   24620

POËME

SUR LE DÉSASTRE

DE MONTBERNAGE,

FAUBOURG DE POITIERS,

Du 15 Thermidor an XII (3 Août 1804).

.... Insequitur cumulo præruptus aquæ mons.
Virgile, Enéide, livre 1, vers 109.

PRIX, 40 cent.

A POITIERS,

DE L'IMPRIMERIE DE CATINEAU.

AN XII — 1804.

GARANTIE DE L'AUTEUR.

La Loi ordonne de fournir à la Bibliothèque nationale deux exemplaires de chaque ouvrage imprimé. Nous prévenons les contrefacteurs que nous nous sommes conformés à la Loi, et que nous poursuivrons à outrance ceux qui y contreviendront.

POËME

SUR LE DÉSASTRE DE MONTBERNAGE,

FAUBOURG DE POITIERS,

Du 15 Thermidor an XII (3 Août 1804).

Toi qui toujours prends soin de contempler les astres,
Qui peux prophétiser fortunes et désastres,
Tu gardes le silence et tu viens nous trahir !
A ce récit affreux tout être doit frémir.
Oh ! trop insouciante et cruelle Uranie !
Pourquoi donc de ta part autant de tyrannie ?
Sois rayée à l'instant du tableau des neuf sœurs :
Tu devais, sans tarder, prédire nos malheurs.
Crois-tu garder encor cette robe azurée,
D'étoiles la couronne, objets dignes d'Astrée ?
Peut-on voir dans tes mains le globe ou l'univers ?
Tes sentimens pour nous se montrent trop pervers.
A bas tes attributs nommés astronomiques,
Et tous tes instrumens dits de mathématiques !
Tu pouvais, avec eux, rendre heureux les mortels,

*

Ils t'eussent avec gloire élevé des autels.

D'un faubourg de Poitiers appelé *Montbernage*,

Tu devais annoncer le funeste naufrage.

Loin de t'offrir propice, insensible à son sort,

Tu le laisses en proie aux horreurs de la mort.

Tu chéris Alecton, tu protèges Mégère,

De Tisiphone aussi tu prends le caractère,

Instruite que le Styx, Cocyte et l'Achéron,

Le fleuve du Léthé, celui du Phlégéton,

Doivent soudainement se placer dans la nue,

Et frapper, dans leur chute, à grands coups de massue,

L'infortuné chemin, route de Chauvigny,

Très-voisin d'un endroit où jadis Coligny (1)

Voulut forcer Poitiers à mettre bas les armes.

Tristes lieux, vrais témoins des plus vives alarmes!

Si vous vîtes alors l'habitant de Poitiers

Par ses efforts constans se couvrir de lauriers, (2)

---

(1) L'amiral Coligny avait campé sur les dunes qui sont en face du Pont-Joubert, en 1569.

(2) On sait que les étudians en droit se couvrirent particulièrement de gloire à la défense de Poitiers, et qu'ils furent, dans cette occasion, conduits et harangués par leur professeur M. Joseph Le Bascle, homme dont le mérite et le savoir étaient si grands, qu'on avait coutume de s'en rapporter de suite à l'opinion qu'il émettait, de manière qu'il était passé en proverbe (en parlant d'une chose irrévocablement terminée), *c'est fait et basclé*. Il n'est pas hors de propos de rappeler ici que l'auteur de ces vers (*Joseph de Joubert-Cissé*, qui descend au seizième degré de *Joubert*, chevalier, seigneur de Villeboreau (*miles dominus de Villa Borelli*), qui en 1213 donna la métairie d'Aunis (*de Alneto*) à la maison hospitalière de *la Lande*, lequel était neveu de *Jou-*

Voyez-le en Thermidor de la présente année,
Partager du faubourg l'affreuse destinée.

bert qui en 1169 fut élu maître de l'ordre des chevaliers de
Saint-Jean de Jérusalem) avait , pour quatrième aïeul,
Charles *Joubert* , écuyer, seigneur du Puy-de-Marigny , qui,
veuf de Magdelaine Chessé , fille de Gaspard Chessé , conseiller au parlement de Paris , et de Magdelaine de Brage-
lonne , épousa en 1640 Anne *Bouchet* , fille d'Antoine *Bouchet* , écuyer, seigneur de Martigny , et de Marguerite *Le
Bascle* , laquelle était fille de Joseph *Le Bascle* , écuyer ,
seigneur des Deffends , docteur-régent ès droits à Poitiers ,
(qui était à la tête des étudians lors du siége de 1569,) et
de Marguerite *Estivalle* , inhumée dans l'église de S. Didier
le 18 janvier 1578.

Joseph *Le Bascle* était aïeul maternel de la quatrième
aïeule de l'auteur de ces vers , qui possède , à titre suc-
cessif , la terre du *Peulx-de-Cissé* et une maison appelée
la *Basclerie* , à deux lieues de Poitiers. Voir la Généalogie
de la maison de *Joubert* , imprimée à Paris en 1782 ; le
Siége de Poitiers , drame lyrique en trois actes , imprimé
à Poitiers en 1785 ; les Annales d'Aquitaine , par Jean *Bouchet* , et la Bibliothèque hist. et crit. du Poitou , par M.
Dreux-Duradier , tom. 2 , pag. 239.

On voit encore dans une des salles du château de Cissé
un grand tableau peint sur toile en 1572 par *Jean Cousin* ,
retouché en 1786 par *Pierre Huault* , relatif au siége de
Poitiers. Sur ce tableau on lit l'inscription qui suit :
« Exhortation de Joseph Le Bascle escuyer seigneur des
» Deffends & du Peulx-de-Cissé , maire docteur régent ès
» droicts a Poictiers aux escholiers du droict , lors du siege
» de ladicte ville en l'an 1569. »

Au-dessus de l'inscription sont deux écussons accolés ,
l'un représentant un champ de *sable à trois célestes d'or* ,
qui est de *Le Bascle* ; l'autre , un champ de *gueules à quatre
tréfles d'argent posés en sautoir* , qui est d'*Estivalle* , le tou

Uranie ! à l'orage, oui, tu devais pourvoir :
Un moyen infaillible était en ton pouvoir.
Tu devais faire un signe, et l'habitant paisible
A ta prédiction se fût montré sensible ;
Il eût pu, sans danger, sortir de son manoir ;
Sur tes prudens avis eût fondé son espoir.
Le père avec son fils et sa femme chérie,
Eût de son digne ami trouvé l'ame attendrie ;
Ses meubles, son argent, sa moisson, son troupeau,
Tout aurait été mis à l'abri du fléau.
Trop perfide Uranie ! ah ! tu tiens bouche close !
Du faubourg malheureux tu dédaignes la cause.
Le quinze Thermidor, sept heures du matin,
Eclate tout-à-coup son rigoureux destin.
A l'instant il croit être à son heure dernière,
Voir la destruction de la nature entière ;
De la foudre du ciel les horribles éclats,
Semblent certifier ces cruels résultats.
En flots sur lui tombant de l'enfer tous les fleuves,

surmonté d'un casque... --- ... M. *Le Bascle* fut inhumé le 22
décembre 1588 dans l'église de S. Didier de Poitiers, avec
les cérémonies qu'on a accoutumé d'observer aux barons,
comme étant le *premier baron* de Poitou. Le service fut fait
par M. l'évêque de Poitiers (Geoffroy de Saint-Belin), et
l'oraison funèbre par le père Moricet, prieur des Jacobins.

Joseph *Jouslard*, chevalier, seigneur d'Ayron, conseiller
du roi en ses conseils d'état, grand-maître enquêteur et général réformateur des eaux et forêts de France, marié à
Louise *Delauzon de la Rouslière*, était fils de Philippe
Jouslard, écuyer, seigneur des Ombres, maire à Poitiers
en 1596, et d'*Anne Le Bascle* (sœur de *Marguerite Le*

En donnent aussitôt les plus sinistres preuves.
Dans l'espace d'une heure, un immense Océan
Se forme et vient se joindre à l'horrible volcan.
De Chauvigny la voie est une mer profonde,
De son cours irrité l'on entend mugir l'onde ;
Rien ne peut résister à son torrent affreux,
Et tout sait obéir à ses flots orgueilleux.
Un vallon mal-faisant offre une étroite gorge,
Annonçant mille maux, les assure et les forge ;
La masse du torrent vient s'y précipiter :
Des dangers trop certains ne font que s'augmenter.
Déjà la Miletrie offre ruine entière ;
Les murs de Vaudouzil, ceux de la Pilardière
Abandonnent leur sol ; avidement sapés,
Jusques aux fondemens on les voit extirpés.
Sur des champs étrangers leurs débris s'amoncellent.
D'autres scènes d'effroi soudain se renouvellent :
Le faubourg, dominé par le vallon fatal
Créé par la nature en forme de canal,
Reçoit, de ce vallon, la chute épouvantable
D'un Océan qui fait sa perte inévitable.
Arrive le moment où cette masse d'eau,
Creusant de ce faubourg l'effroyable tombeau,
Emporte avec ses flots quatre maisons entières,
Dont on ne voit, sur lieu, nuls vestiges de pierres.
Quinze à vingt pieds de haut ont les flots en courroux,
Et de tout entraîner ils paraissent jaloux.
Les plus fortes maisons sont toutes ébranlées ;

Bascle, dont on a parlé). MM. *Jouslard d'Ayron*, *d'Yver-say* et *du Vergnay*, en descendent en ligne directe.

Gagnent les galetas familles désolées.
Dans les bras du sommeil est le plus jeune enfant;
Sa mère court à lui, de la mort le défend.
Là, le sensible époux son épouse console ;
Est tout ce qu'il peut dire, inutile et frivole.
Ici, soudain l'on voit l'estimable ouvrier,
Pour conserver ses jours, quitter son atelier.
Plus loin quatre vieillards, à l'horrible nouvelle,
Se mettent à gravir à l'aide d'une échelle ;
Point n'offre le grenier un asile assez haut,
Veulent d'un humble toit réparer le défaut.
Sous les pieds du plus lourd un échelon se brise ;
A ce nouveau malheur, se redouble sa crise ;
Et, malgré ses vieux ans, aussi prompt que l'éclair,
Il embrasse l'échelle avec des bras de fer.
Les trois autres vieillards, compagnons d'infortune,
Le tirent du péril que présente Neptune.
Les flots baignent leurs corps; parviennent sur les toits,
Croyant franchir des flots les trop sévères lois.
Se crevant, de nouveau, d'intarissables nues
Fondent rapidement sur leurs têtes chenues.
L'eau domine ces toits, engloutis par les flots ;
Se font entendre alors mille et mille sanglots.
La plupart sont forcés de gravir la montagne,
Et, pour fuir le trépas, de gagner la campagne.
Sort funeste et cruel ! tous ne peuvent s'enfuir :
Un vieillard, un enfant sont contraints de périr.
On ne peut de ces faits retracer la peinture,
De frayeur on recule, en frémit la nature.
Quel désordre! quel bruit ! quel terrible fracas!
Le sommet des rochers tombe, roule en éclats.

Cette masse, en tombant, précipite avec elle
Le hêtre où, mille fois, vint chanter Philomèle.
Sont entraînés soudain ces champêtres vergers :
Ces lieux n'étaient ici que des biens passagers.
D'un jardin cultivé, d'une riante vigne,
Du trop précaire sol il reste un faible signe.
Tout croule avec les monts ; cet horrible chaos
Est le triste jouet de la fureur des flots.
Du malheureux faubourg la fragile fortune
Dans l'avide torrent se rencontre commune.
Les plus solides toits ne gardent que leurs murs.
Ces douloureux récits ne s'offrent que trop sûrs.
De ce lieu naufragé l'épouvantable rue
D'un barbare mortel effraîrait l'ame émue;
Meubles, coffres, papiers, armoires, linge et lits,
Ustentiles, effets sont par l'onde engloutis;
De présens de Cérès des charrettes chargées,
S'en vont rapidement par les flots submergées ;
Des bienfaits de Bacchus est jaloux le torrent,
Et, pour croître en fureur, s'en montre dévorant.
Les membres dispersés de *Gendrault-Saint-Antoine*
S'offrent de cette mer le sanglant patrimoine,
Et du plus tendre fruit d'inconsolable hymen
Les flots de l'Océan se montrent l'assassin.
Aux timides brebis, aux chèvres, aux genisses,
L'étable n'offre plus qu'un séjour de supplices.
Dès-lors chaque animal s'empresse de nager,
S'agite sur les flots, pour sortir du danger.
Le berger fugitif pleure sa bergerie;
Le laboureur, le fruit de sa vaine industrie.
Les liens les plus doux l'épouse voit briser,

Lente sera la plaie à se cicatriser ;
De voir périr sa *fille* une mère éplorée , (1)
Tombe au récit d'en être à jamais séparée...
Des sinistres corbeaux l'affreux croassement,
Des scènes de frayeur prédit l'enchaînement :
Une communauté , qu'on nomme les Sœurs-grises,
Est le triste témoin d'épouvantables crises.
Déjà , devant ses murs, l'Océan en fureur
Roule, entraîne avec lui l'image de l'horreur :
Et suivant de son cours la naturelle pente ,
Sur les rives du Clain il porte l'épouvante.
Couvrent ces bords rians mille et mille débris ;
Ombragés de cyprès on voit ces verts tapis.
Jusqu'à l'endroit voisin des moulins de Chasseigne,
Cette mer, du trépas , vient déployer l'enseigne.
A l'aspect effrayant des corps ensanglantés ,
Reculent de terreur ses bords épouvantés.
Des agréables lieux consacrés à Pomone ,
Où l'on voit croître aussi l'éclatante anémone ,
Des sites fréquentés des grâces et des ris , (2)
Se présentent soudain désolés et flétris.
A l'instant où des maux l'on croit toucher au terme ,
D'autres malheurs on voit développer le germe.
Vulcain naît du torrent , (3) et ce dieu furieux

(1) La fille de *Joseph Deforges* , voiturier , âgée de 17 mois.
(2) Près les bains nouvellement construits par les soins
de MM. *Guignard* et *Z. Galland.*
(3) L'incendie a été occasionné par des barriques remplies
de chaux vive , enfermées dans une grange qui a brûlé , et
dans laquelle l'eau avait pénétré.

De tout anéantir se montre ambitieux.

De l'Océan s'élève un essaim de Cyclopes ;

S'accomplissent ici les tristes horoscopes :

Frappent ces forgerons, et bientôt dans les airs

Etincelle s'envole et s'unit aux éclairs.

Déjà des tourbillons de fumée et de flammes

Reportent de nouveau la terreur dans les ames ;

Au loin ce signe affreux se fait apercevoir,

Par-tout se font entendre accens du désespoir.

On sonne le beffroi pour annoncer l'alarme,

Et tout bon citoyen d'un grand courage s'arme.

De tous côtés on vole, on se porte au secours ;

Aux cris des affligés nuls cœurs se montrent sourds.

L'intérêt général devient chose commune ;

Efforts on veut dompter de Vulcain, de Neptune :

Le péril le plus grand n'offre point un danger ;

Chacun, le malheureux, s'efforce à soulager.

Des généreux mortels la précieuse élite

Au milieu des hasards soudain se précipite :

Officiers et soldats, avec un front d'airain,

Volent pour subjuger Amphitrite et Vulcain.

Le maire de Poitiers, *Bourgeois*, ici s'avance,

Rassure les esprits par sa brave constance.

Le feu fait des progrès, les secours sont pressans ;

Jusque-là du courage efforts sont impuissans.

Le fils de Jupiter une grange (1) dévore,

Se montrant plus cruel que l'affreux Minotaure ;

Les fruits de l'indigent elle avait dans son sein,

---

(1) Cette grange dépend du couvent des *Sœurs-grises*, et est devant le carrefour de la *Croix-rouge*, à Montbernage.

Et d'en pouvoir jouir l'espérance est en vain.
Les toits sont embrasés ; charpente crie et tombe,
Sur ces toits *Chardonnière* aux dangers ne succombe.
Des flammes on l'arrache ; il eût péri cent fois ;
Immortel s'est rendu par ses brillans exploits.
Se renversent les murs, et cette chute affreuse
Rend de cet Océan l'onde plus ténébreuse,
Et bientôt les débris par les flots sont roulés ;
Grand dieu ! que de malheurs ! que de maux cumulés !
Là, Vulcain rougissant d'abandonner sa proie,
Ici désire agir ainsi qu'il fit à Troie (1).
D'autres victimes cherche avec plus de fureur,
Il augmente sa rage et triple son ardeur.
D'un nouvel édifice il veut se rendre maître,
De sang et de carnage aspire à se repaître.
De ce dieu mal-faisant les cruels attributs,
Aux voisins opprimés n'offrent aucuns saluts.
Un jeune enfant captif est atteint de la foudre ;
Sur le point de périr, d'être réduit en poudre,
Il tombe, se relève, et ses cris violens
Font redoubler les soins de tous les surveillans.
Ces malheureux voisins le trépas environne ;
Offre moins de périls la sanglante Bellone.
Sur leur tête est Pluton ; les vagues en courroux
Semblent les convoiter pour les engloutir tous.
Aucun d'eux ne périt ! Dans ces momens terribles,
Chardonnière et *Lambert* se montrent invincibles :

(1) Ville de l'Asie mineure, dans la Phrygie. Cette ville fut
brûlée par les Grecs, après une guerre de dix ans, vers l'an
2870 du monde.

Ces êtres distingués , ces êtres courageux
Ont fendu l'Océan écumant et bourbeux.
Ici , les *Lamontagne* et *Delabadonnière ,*
Caussin, Treton, Grimaud, secondent *Chardonnière;*
Le bucheron *Silvain* , la hache sur le flanc ,
S'efforce , en cette arène , à prendre un noble rang.
On voit , avec chaleur , s'élançant sur la scène ,
Enfanter à l'envi prodige et phénomène ,
Les braves *Orillard* , de *Clam , Doussain , Gibault ,*
Gervais (le glaive en bouche) et le vaillant *Drouault.*
Suivent d'autres héros (1) le chemin de la gloire :
Ils viennent partager l'honneur de la victoire.
Contre les élémens on les voit tous lutter ;
A leur extrême ardeur rien ne peut résister.
Ils provoquent Vulcain, commandent à Neptune :
L'honneur par-tout les guide , et les suit la fortune.
En lions rugissans ils arrivent au port ,
Ils culbutent Mégère et désarment la mort.
Sur-le-champ on voit naitre un vertueux contraste :
Les dames du couvent , au front sévère et chaste ,
Fidelles à leurs vœux , honorant la pudeur ,
Dédaignent des humains l'éclatante valeur ;
Et préférant la mort à la plus faible tache ,
Elles laissent tomber leurs portes sous la hache.
Cette mesure extrême est utile aux vainqueurs ,
Et l'humanité seule est le vœu de leurs cœurs.
Offrant aux malheureux d'olivier une palme
Là , disparait l'orage et succède le calme.

(1) Il serait impossible de les nommer tous ; le nombre en
est trop grand.

Spectacle attendrissant! moment délicieux!
On voit de ces héros les pleurs couler des yeux,
Ces larmes sont le fruit d'une pure tendresse;
Luit sur leur front serein le feu de l'allégresse.
Vivre pour être utile est un plaisir bien grand;
Vil est qui, sur autrui, se montre indifférent...
Tu voulais, Uranie, en gardant le silence,
Connaître des humains la force et l'excellence,
Ce que peut un bon cœur, un être généreux.
Ces mortels, tu le vois, peuvent se rendre heureux....
A toi pourquoi s'en prendre? Uranie, ô ma Muse!
Sur ce fait, téméraire est celui qui s'abuse.
Jupiter, quand il veut, peut frapper les humains;
Ne leur doit être ouvert le livre des destins.
Pratiquons les vertus, soulageons notre frère;
Ici, faire le bien, à l'Immortel doit plaire.
Portons tous nos regards vers ce triste faubourg,
Sur lequel, trop long-temps, a plané le vautour.
D'un œil compatissant vois ces funestes traces,
Œuvre qui doit son être à ses serres voraces.
Ah! mortel attendri! vois ces affreux chemins,
Profonds de dix-huit pieds, en forme de bassins!
Vois ces débris épars, ces nombreuses masures,
De l'orage cruel les sanglantes injures!
Contemple des rochers les monstrueux éclats!
Cette rue engouffrée, empreinte du trépas!
Regarde, sous tes pieds, cette muraille antique,
Qui, d'ancien désastre, est la preuve authentique!
Vois cette épaisse digue et ces murs à ciment,
Jadis construits après semblable évènement.
Sont au nombre de *six*, ces murs de résistance;

Ils sont édifiés à vingt pieds de distance ;
Placés sous cette voie horizontalement ,
Renforcent des maisons l'énervé fondement.
Tout sut de ce faubourg soulager la misère ;
Le malheur disparut et ne fut qu'éphémère.
Ce désastre nouveau, cette calamité,
Exigent des humains la libéralité ;
La peut-on mettre en doute? En ce dernier naufrage,
S'en est manifesté le plus heureux présage.
Lorsque, pour son prochain, on court mille dangers,
Les plus sublimes traits ne sont point étrangers.
Si la réunion de Vulcain à Neptune
A sous nos yeux fait naître une double infortune,
Nous sommes tous frappés des rigueurs du destin ;
Si le sort vous dépouille , il nous fait un larcin,
Honnêtes habitans du faubourg *Montbernage !*
Soyez fermes sans cesse, et ne perdez courage.
Poitiers, toujours, chérit la vertu, la valeur :
Vous êtes vertueux ; il vous porte en son cœur.

J..... JOUBERT-CISSÉ ,

Propriétaire , Maire de Cissé , département de
la Vienne , et l'un des Souscripteurs pour
l'établissement du Lycée de Poitiers.

(*Ce Poëme, achevé dès le* 10 *Fructidor an* 12
(28 *Août* 1804), *a été lu à la Redoute de Poitiers,
le vendredi* 13 *du même mois ; les Auditeurs char-
més ont couronné l'Auteur, et ont demandé l'im-
pression de ce chef-d'œuvre.* Note de l'éditeur.)